FLEURS FANÉES

POÉSIES ÉTRANGÈRES

Traduites ou imitées en Vers Français

PAR LE

Comte Charles ZALUSKI

NICE

IMPRIMERIE ALFRED ROSSETTI

Boulevard Dubouchage, 43

—

1903

FLEURS FANÉES

POÉSIES ÉTRANGÈRES

Traduites ou imitées en Vers Français

PAR LE

C<small>OMTE</small> C<small>HARLES</small> ZALUSKI

———— ⁂ ————

NICE

IMPRIMERIE ALFRED ROSSETTI

Boulevard Dubouchage, 13

—

1903

On ne se livre pas souvent
Au charme ému des fleurs fanées
Qu'emporte loin de nous le vent,
Avec les jours et les années.
Mais qu'une graine, par hasard.
Sur le gazon d'un tertre tombe,
Et du poète, vers le tard,
Un lys embeaumera la tombe.

FLEURS FANÉES

LES ADIEUX DE JEANNE D'ARC

(Monologue tiré du drame de Schiller)

Jeanne vous quitte, ô montagnes chéries,
Plus ne suivra vos sentiers rocailleux ;
Riants coteaux, et vous, vertes prairies,
Ah, pour toujours, recevez mes adieux.
Voix du vallon, écho mystérieux,
Plantes des bois, sous mes regards fleuries !
Vous tous attend un heureux avenir ;
Jeanne s'en va pour ne plus revenir.

Lieux des plaisirs de ma paisible enfance,
De vous quitter qu'il en coûte à mon cœur !
Agneaux épars sur la bruyère immense,
Deviendrez-vous un troupeau sans pasteur ?
Je dois mener les guerriers de la France
A des combats sur le champ de l'honneur.
Non, ce n'est point un passager délire,
C'est l'Esprit-Saint dont le souffle m'inspire.

Celui qu'un jour, dans le buisson de feu,
La voix sortant d'une flamme bleuâtre,
Vint révéler à Moïse l'Hébreu ;
Celui qu'on vit élire un jeune pâtre
Pour défier et vaincre l'idolâtre,
Et qui toujours fut des bergers le Dieu ;
Je l'entendis, parlant dans le feuillage,
Me dire : « Va, de moi rends témoignage ».

Ton faible corps, qu'il se barde d'airain,
D'acier pesant revêts tes membres frêles ;
Des tendres vœux qu'en ton cœur tu recèles,
Aucun n'y doit troubler l'amour divin ;
Que d'un promis le bouquet d'immortelles,
Ni qu'un enfant jamais n'ornent ton sein :
Seule parmi les femmes de la terre,
Tu cueilleras les lauriers de la guerre ».

« Lorsque la lutte aux braves fera peur
Et trahira la France malheureuse,
Relève alors l'étendard de l'honneur ;
Tel que l'épis qu'abat la moissonneuse,
Tel sous ton bras doit tomber le vainqueur ;
Brisant la roue au char de son bonheur,
De nos guerriers ravivant l'espérance,
Tu vas à Reims sacrer le roi de France ».

Du ciel j'attends un nouveau signe en vain.
D'où vient ce casque, et qui donc me l'envoie ?
A son contact m'embrase un feu divin ;
Dans la mêlée il m'entraîne avec joie ;

J'entends frémir l'aile d'un chérubin,
Quand l'Oriflamme en ma main se déploie.
Au cri de guerre, à l'appel de l'airain,
L'ardent coursier se cabre et mord son frein.

· ✳ ·

LA JEUNE ÉTRANGÈRE
(de Schiller)

———

Chez des pasteurs, dans une humble vallée,
Une étrangère arrivait tous les ans,
Lorsqu'au ciel bleu l'alouette envolée,
Faisait vibrer ses plus joyeux accents.

D'où venait donc cette jeune inconnue ?
De sa naissance on ignorait le lieu,
Et de ses pas la trace était perdue
Dès qu'aux amis elle avait dit adieu.

Quel doux bien-être apportait sa présence !
Les cœurs s'ouvraient à son aimable aspect ;
Mais son front pur, couronné d'innocence,
Aux yeux de tous l'entourait de respect.

De fleurs, de fruits elle avait les mains pleines,
Et le hameau n'offrait rien de pareil
A ces produits de plus fertiles plaines,
Mûris aux feux d'un plus brillant soleil.

Quand de ces dons revenait en partage,
A tel un fruit, à tel autre une fleur,
Adolescents, vieillards courbés par l'âge,
Tous s'éloignaient avec la joie au cœur.

Et chaque lot était une merveille ;
Mais aux amants souriants de bonheur,
Elle gardait au fond de sa corbeille,
Son plus beau don, sa plus charmante fleur.

✳

D'ENTRE LES "LIEDER"

— de Henri Heine

1. L'AZRAH

Chaque jour la noble fille
Du Sultan venait s'asseoir
Près du marbre où l'eau scintille
Aux reflets des feux du soir.

Chaque jour un jeune esclave
Immobile s'y tenait,
Et sa face pâle et grave,
Plus touchante en devenait.

Lorsqu'un soir l'aimable belle
S'approchant d'un pas furtif :
« Quel est ton nom ? » lui dit-elle,
« De quel sol es-tu natif ? »

« L'Azrah Hammed on m'appelle,
« Dans l'Yémen je vis le jour,
« D'une race chez laquelle,
« Quand on aime, on meurt d'amour. »

2. L'Ondine du Rhin

(*Die Loreley, ballade*)

Étrange est cette tristesse
    Qui m'a soudain surpris !
Un conte hante sans cessé
    Et trouble mes esprits.

Le vent fait courir ses plaintes
    Sur les flots bleus du Rhin :
Les monts s'embrasent des teintes
    Du jour à son déclin.

Sur la haute roche Ondine
    Peigne ses blonds cheveux,
Ses cheveux blonds qu'illumine
    L'or retenant leurs nœuds.

D'un peigne en vermeil les lisse
    Et chante un air très doux
Dont, léger, le rythme glisse
    Sur les fuyants remous.

Nautonier, en ta nacelle
    N'ose pas approcher !

Traduction s'adaptant à la musique de Liszt.

Tu n'as d'yeux que pour la Belle,
Et n'as garde au rocher.

Nautonier, je le devine,
Tu vas en ton esquif,
Amoureux du chant d'Ondine,
Sombrer contre un récif.

3. Du bist wie eine Blume...

Tendre comme une fleur,
Enfant pure comme elle,
Je m'attriste en mon cœur
En te voyant si belle.

Posant sur ton front blanc
Mes deux mains je murmure :
Mon Dieu, que cet enfant
Reste ainsi, belle et pure !

4. Auf Fluegeln des Gesanges...*

Sur les ailes d'un chant d'amour
Laisse-moi t'emporter, mon ange,
Vers le calme et riant séjour
Qu'arrose de ses flots le Gange.

C'est un jardin plein de douceurs ;
Ses parfums montent aux étoiles,
Quand les fleurs de lotus, tes sœurs,
Tour à tour entr'ouvrent leurs voiles.

* Lied mis en musique par Mendelssohn.

Sous les brillants regards du ciel,
Les violettes sont écloses,
Et d'un récit confidentiel
S'amusent à mi-voix les roses :

Et sur le gazon diapré
Folâtrent de tendres gazelles,
Tandis que le fleuve sacré
Roule ses ondes éternelles.

Descendons vers ce lieu béni,
Près des palmiers au frais ombrage ;
Là, que d'un bonheur infini
Nous enivre le doux mirage.

5. L'ÎLE DES FÉES

Dans ma légère nacelle
    Une nuit nous voguions ;
La lune sur toi, ma belle,
    Répandait ses rayons.

Un souffle aux tièdes bouffées
    A l'horizon cachait
La riante île des fées
    Dont l'esquif approchait ;

De bruits confus, de sons vagues
    Déjà s'emplissait l'air ;
Hélas, loin de là les vagues
    Nous portèrent en mer.

6. Ein Fichtenbaum steht einsam...

Sur un mont aux cimes blanches,
    Croît un sapin du Nord ;
La neige couvre ses branches,
    Et sous leur faix il dort.

En songe il voit une palme
    Dans le lointain Levant ;
Seulette, sous un ciel calme
    Elle pleure en rêvant.

7. Es ragt ins Meer der Runenstein...

Au pied d'un roc couvert de runes,
Je songe en regardant la mer ;
Les flots déferlent sur les dunes,
Le cri de l'alcyon fend l'air.

J'ai soupiré pour mainte belle,
Aimé plus d'un garçon charmant ;
Où sont-ils tous ? Le flot ruisselle,
Écume et passe avec le vent.

LE ROI DES AULNES (Ballade de Gœthe)
(Mise en musique par Schubert)

Qui chevauche si tard par la brume et le vent ?
Un père accompagné de son tout jeune enfant ;
D'un bras ferme il l'entoure et sur son cœur le presse,
Le ranime au contact d'une chaude tendresse.

« Mon fils, pourquoi cacher ton visage en tremblant ? »
« Ne vois-tu pas, orné de son panache blanc
Et sa couronne d'or, le roi des aulnes, père ? »
« C'est le brouillard, mon fils, qui d'un reflet s'éclaire. »

« Viens à moi, garçonnet, suis-moi pour être heureux !
Ensemble nous jouerons aux plus aimables jeux ;
Tu cueilleras des fleurs au bord de la rivière,
Et d'habits de brocart te vêtira ma mère. »

« Le roi des aulnes, père, en me parlant tout bas,
Par des promesses veut m'attirer dans ses bras ! »
« Calme-toi, mon enfant, sois tranquille et sans crainte ;
Du vent dans les rameaux nous arrive la plainte. »

« Veux-tu que, doux chéri, je t'emmène chez moi ?
Mes filles chaque jour prendront grand soin de toi,
Et, la nuit, se livrant au plaisir de la danse,
Berceront ton sommeil par leurs chants en cadence. »

« Ah, les filles du roi, père, ô père, là-bas,
En ce lieu désolé, ne les vois-tu donc pas ? »
« Dans les vapeurs, mon fils, aux formes indécises,
De vieux saules je vois les silhouettes grises ».

« Je t'aime ! ton aspect m'a remué le cœur,
Et j'emploierai la force à défaut de douceur. »
« Le roi des aulnes, père, en bondissant s'élance,
Il me saisit, me tient, et me fait violence ! »

Tout frissonnant d'horreur, accélérant le pas,
Et courbé sur ce fils gémissant dans ses bras,
Le père atteint enfin son toit couvert de givre
Hélas, le pauvre enfant avait cessé de vivre.

LE PROSCRIT POLONAIS

(de Nicolas Lenau)

Au sein des sables décevants
  Qui bordent la Syrie,
Errant sur des sentiers mouvants,
  Sans but et sans patrie,
Un vieux soldat dans sa douleur,
De battre encor maudit son cœur.

Cruels descendent sur sa tête
  Du jour les traits brûlants ;
Le sabre à son côté reflète
  Des feux étincelants ;
Vont-ils dans cette ardente lame,
Des guerres rallumer la flamme ?

Hormis la sienne, en ces déserts
  Il n'est pour lui point d'ombre,
Aucune source et, dans les airs,
  Pas un nuage sombre ;
Pour s'attendrir sur ses malheurs
Ses yeux n'ont plus assez de pleurs.

Mais non ; son âme est insensible
  Aux maux d'un faible corps ;
Ce qui la navre est plus horrible,
  Et brise les plus forts ;
C'est du vainqueur le cri sauvage,
D'un pays fier c'est l'esclavage.

La nuit tombe. — Il touche du pied
    Une fraîche verdure ;
La source exprime sa pitié
    Par un très doux murmure ;
L'étoile du soir lui sourit :
Repose-toi, pauvre proscrit !

Il s'affaisse, il s'endort. — Les cimes
    Des palmiers froissant l'air,
Le bercent de rêves sublimes ;
    Les souffles d'outre-mer
Font frissonner dans sa mémoire
Des souvenirs de noble gloire.

La lune, d'un jour incertain
    Argente l'atmosphère,
Et d'Arabes dans le lointain,
    Court la troupe légère ;
Parfois un cimeterre luit
En sillonnant d'éclairs la nuit.

On entend les coursiers rapides,
    Aux drus piétinements,
Saluer les sources limpides
    De leurs hennissements ;
Mais rien encore ne réveille
Le pâle étranger qui sommeille.

Des bédouins alors gaiment
    Chacun se désaltère ;
L'un d'eux, rempli d'étonnement,
Voit étendu par terre,

Le sabre au poing, hâve et poudreux,
Un étranger, un malheureux !

Devant la cicatrice sainte
    Qui marque un brave au front,
Saisis de respect et de crainte,
    Tous s'asseyent en rond ;
La majesté du malheur touche
Le cœur du nomade farouche.

Bientôt s'approche à pas discrets
    Leur patriarche austère,
Et met des aliments auprès
    De qui lui semble un frère ;
De l'hôte il fait ainsi la part,
Et puis se rassied à l'écart.

Longtemps la troupe belliqueuse
    Contemple avec transport,
Baigné d'une clarté douteuse,
    L'homme pâle qui dort ;
En proie aux visions d'un rêve,
Lui-même inconscient se lève,

Et salué d'un cri du cœur,
    Lentement il s'avance
Vers les voix qui vibrent en chœur
    Dans ce désert immense ;
L'ardeur de la guerre au méchant
Respire, implacable, en leur chant.

Mais lui, sous l'empire d'un songe,
    Brandit son sabre en main,

Et profère un nom qui le plonge
En un émoi soudain ;
Cet hymne, ah, comment n'y pas croire,
N'est qu'un prélude à la victoire.

Hélas, son enivrante erreur
Est vaine et passagère ;
A-t-elle l'accent du malheur,
Cette langue étrangère ?
Les bédouins sont libres, eux !
Et des larmes mouillent ses yeux.

⁕

LA MORTE DI GESÙ
(Sonnet de Minzoni)

Lorsque Jésus, jettant un cri suprême,
Eût fait trembler les morts soûs leur linceul,
De son sépulcre ouvert par le choc même,
Adam parut, somnolent, sur le seuil.

Autour de lui laissant errer un œil
Où se peignait une épouvante extrême,
Il demanda quel était ce grand deuil
Et, sur la croix, ce corps sanglant et blême.

Quand il le sut, il recula d'horreur,
Et sur son front dépouillé du suaire,
D'une main dure exerça la fureur ;

Puis, réveillant les échos du Calvaire,
Fit en ces mots éclater sa douleur :
« Ève, à t'aimer, j'ai tué mon Seigneur. »

·*·

UN SONNET DU DANTE

(Vita nuova)

Si gentille est ma mie en modeste tenue,
Quand elle offre au passant un salut gracieux,
Que la parole expire, en son cours retenue,
Et que, de regarder, s'interdisent les yeux.

Si la louange atteint son oreille ingénue,
Elle s'éloigne et fuit le mot audacieux ;
D'honnêteté voilée, on la dirait venue
Pour accomplir sur terre un miracle des cieux.

Aussi par le regard qui la suit et l'admire,
Pénètre dans le cœur un sentiment si doux,
Qu'il le faut éprouver à qui veut le décrire.

De ses lèvres arrive un souffle jusqu'à nous,
Dans lequel l'amour pur et suave respire
Et semble murmurer à notre âme : Soupire !

·*·

43ᵉ SONNET DE PÉTRARQUE

(Sur la mort de Laure)

Pleurant ses chers petits ou sa tendre compagne.
Ce rossignol qu'anime un douloureux transport,
Fait doucement vibrer le ciel et la campagne
Des notes que sa voix égrène sans effort.

On dirait que son chant chaque nuit m'accompagne
Pour me redire encore, hélas, mon triste sort,
Me plaignant d'être seul, quand l'amitié se gagne,
Et d'avoir rêvé l'ange au-dessus de la mort.

Qu'à tromper est facile un cœur qui se rassure !
Ces deux astres, brillants à l'instar du soleil,
Qui pensa que la terre en deviendrait obscure.

Mais aujourd'hui je vois que la fortune dure
Veut m'apprendre, au milieu des pleurs de mon réveil
Comme rien, ici-bas, de ce qui plait, ne dure.

SONNET DE SHAKSPEARE

(Nᵒ 128)

Que de fois tes accords, musique de ma vie,
N'ont-ils pas fait parler ce bois béni qui rend
Des sons dont mon oreille est confuse et ravie
Quand tes doigts ont erré sur l'instrument vibrant !

Et que de fois, hélas, j'ai dû porter envie
Aux touches du clavier qui baisaient en courant
L'envers de cette main ardemment poursuivie !
Mes lèvres s'entr'ouvraient alors en soupirant.

Elles eussent voulu, pour n'être point frustrées,
Devenir tout à coup cet ivoire amoureux
Dont par tes doigts légers les notes sont pressées.

Ah, si le bois inerte est digne d'être heureux,
Abandonne tes doigts aux caresses des touches,
Et laisse d'un baiser l'harmonie à nos bouches.

*

LE MONOLOGUE DE HENRI IV

dans le drame de Skakspeare, HENRY FORTH

Mes plus pauvres sujets par milliers à cette heure
Dorment profondément ! Sommeil délicieux !
Quand t'ai-je effarouché, qu'ici, dans ma demeure,
Tu ne reviennes plus appesantir mes yeux,
Et plonger dans l'oubli mes pensers soucieux ?
Pourquoi donc te laisser enfumer sous le chaume,
Sur un grabat t'étendre, être capricieux,
T'assoupir en dépit des bourdonnantes mouches,
Au lieu de reposer dans les chambres des grands,
Sous leurs dais de brocart et sur leurs molles couches,
En écoutant des luths les refrains murmurants ?
Pourquoi, dieu singulier, préférer le lit sale

Du serf ou du vilain, à la couche royale
Qu'alarment, par les soins, les cloches d'un beffroi ?
Peux-tu bercer le mousse, à l'heure de l'effroi,
Dans le rude hamac d'une écumante houle,
Sceller ses yeux au haut du mât vertigineux,
Et déchaîner les vents qui s'abattent en foule
Pour soulever, rageurs, les flots tumultueux,
Les suspendre dans l'air par leurs chefs monstrueux
Et les tordre au-dessus des verdâtres abîmes
Avec des hurlements qui réveillent la mort ?
Peux-tu, dieu partial, quand le mousse s'endort,
Balloté par la vague aux blanchissantes cimes,
Refuser un repos que ne trouble aucun bruit,
Au roi qui seul l'invoque en vain pendant la nuit ?
Plus heureux, le manant au sommeil s'abandonne ;
A l'aise ne dort point qui porte une couronne !

·✳·

LE DÉPART

(d'après *Thomas Moore*)

———

Ah, pourrais-je oublier ses dernières paroles ?
Dans mon cœur, en secret, j'ai caché ce trésor.
Musique ! c'est ainsi que longtemps tu consoles
Par des sons expirés que l'on écoute encor.
Désormais que des cieux la fureur se déchaîne,
Les mots du talisman restent gravés en moi :
« S'il te faut, dans l'absence, éprouver quelque peine,
Songe qu'il est un cœur qui ne bat que pour toi. »

Tel au puits du désert que pour toujours il quitte,
Le pèlerin remplit sa gourde jusqu'aux bords,
En approche, altéré, sa lèvre qui palpite,
Et ranime, en chemin, les forces de son corps.
Qu'importent les cailloux et ronces de la plaine !
L'écho vient m'apporter un doux gage de foi :
« S'il te faut, dans l'absence, éprouver quelque peine,
Songe qu'il est un cœur qui ne bat que pour toi. »

·✳·

L'ADIEU
(traduit de l'Anglais)

Dans sa tristesse non sans charme,
L'adieu tout bas devrait s'offrir,
S'entendre à peine en un soupir,
Ou se trahir par une larme.

·✳·

ÉPIGRAMME DE POPE SUR NEWTON

Nature and nature's laws lay hid in night
God said : Let Newton be, and all was light.

L'obscurité voilait la nature et ses lois.
Tout s'éclaira soudain quand Dieu dit : « Newton, sois ! »

ÉPITAPHE DE JOHN GAY

(à Westminster, composée par lui-même)

Life is a jest, and all things show it;
I thought so once, and now I know it.

La vie est une farce, et tout le prouve assez;
Je m'en doutais jadis, maintenant je le sais.

· ❋ ·

ANNA-LA-BELLE (Annabel)

(d'Edgar Allan Poe)

Dans un royaume d'outre-mer
Jadis fut une jouvencelle;
(Ah, que son souvenir m'est cher!)
On la nommait Anna-la-Belle;
Aimé par elle, je l'aimais
Autant qu'un homme aima jamais.

Enfants tous deux. d'amour fidèle,
Dans ce royaume d'outre-mer,
Nous nous aimions, Anna-la-Belle,
Et moi, qui d'elle était si fier.

Les chérubins d'un œil d'envie
Suivaient le cours de notre vie.

Le souffle froid d'un ciel d'hiver
Glaça le sang d'Anna-la-Belle
Dans ce royaume d'outre-mer ;
Et loin de moi la mort cruelle
Emporta l'être dont mon cœur
Espérait faire le bonheur.

Les anges nous portaient envie,
(Cela devait paraître clair
A tout témoin de notre vie
En ce royaume d'outre-mer ;)
Et c'est pourquoi la mort cruelle
Vint m'enlever Anna-la-Belle.

Mais notre amour était plus fort
Que les amours des anciens âges,
Et rendit vain le double effort
D'anges jaloux et d'hommes sages ;
Mon âme reste unie à celle
De ma si douce Anna-la-Belle.

La lune paraît-elle aux cieux,
Je rêve à mon Anna-la-Belle ;
Dans chaque étoile douce aux yeux,
Me semble luire sa prunelle ;
Et sur son tertre à moi si cher,
Par des soupirs m'endort la mer.

LA BERGÈRE (I VOSCOPOULA)

(Chanson néo-grecque, traduite sur la mesure
des vers de l'original).

———

De mes amours l'objet charmant
    Fut une pastourelle ;
J'étais alors un jeune amant
Puisqu'à dix ans, si tendrement,
    Mon cœur battait pour elle.

Sur l'herbe en fleurs un jour tous deux
    Assis dans la prairie,
« Reçois », lui dis-je, « mes aveux ;
L'amour me brûle de ses feux
    Auprès de toi, Marie. »

Elle étreignit, en m'embrassant,
    Ma taille encore frêle ;
« Pour les amours, adolescent,
Et les chagrins qu'on en ressent,
    Tu n'es point mûr », dit-elle.

Je devins homme et, par malheur,
    Toujours autant l'adore ;
Un autre sut gagner son cœur,
Et moi je songe en ma douleur,
    A son baiser encore.

· ❋ ·

GHIANNI STATHA *

d'après FAURIEL.

(Recueil de Chants populaires en Grèce)

Un navire cinglait vers le port de Cassandre ;
  Noire est sa voile, et bleu son pavillon.
Un vaisseau qui le suit, le somme de se rendre ;
Sur son rouge étendard se projette un lion.

L'orgueilleux amiral croit héler des esclaves :
  « Carguez la voile ! Arborez le croissant ! »
« Nous sommes nés chrétiens, et nous mourrons en bra-
Ces mots, autant de traits, sifflent en se froissant. [ves.»

Les flots contre-foulés se blanchissent d'écume,
  Déjà les nefs se heurtent de leurs becs ;
Une ardente fureur en tous les yeux s'allume,
Car ces haineux rivaux sont des Turcs et des Grecs.

Soudain l'arme à feu tonne et la hache étincelle ;
  A l'abordage ! Ils luttent corps à corps,
L'air retentit de cris, partout le sang ruisselle,
Et la mer empourprée est couverte de morts.

Les Turcs cherchent à fuir et dégager leur proue ;
  Un Grec s'élance alors vers le Pacha,
Lui barre le passage et le couchant en joue :
« A bas ton pavillon ! Je suis Ghianni Statha ! »

* Prononcez le « th » comme en anglais.

Tels les Perses, — l'histoire est là pour nous l'appren-
   A Salamine ont trouvé leurs vainqueurs ;   [dre,—
L'esprit de Thémistocle embrase encor des cœurs,
Et, poussant des « Allah », les Turcs ont dû se rendre.

✳

CHANSON NÉO-GRECQUE

Traversant la blanche mer,
L'hirondelle nous arrive.
Se repose sur la rive
Et gazouille : « Assez d'hiver,
Mars ! En exerçant ta rage
Sur les flots et sur la plage,
On dirait que tu répands
Comme un souffle de printemps ! »

✳

CHANSON MAJORQUINE

(Imitée de l'Espagnol)

Sur les flots bleus, dans ma barque légère.
Au gré des vents je croise nuit et jour,
Cherchant en vain quelque plage étrangère
Où vivre on puisse et mourir sans amour ;

Où de la mer le clapotis suffise
Pour étouffer le cri de ma douleur,
Et, caressante, en susurrant la brise
Vienne me faire oublier mon malheur.

EN PAYS D'ORIENT[*]

VERS ARABES

(Incrustés dans une table au palais de Hadji Ahmed,
dernier Bey de Constantine).

Si dans mon sein le ciel eût mis deux cœurs,
L'un me ferait vivre en paix, sans souffrance,
Et l'autre, en proie à la désespérance,
Suivrait tes pas sur le sentier des pleurs.

Mon cœur n'est qu'un ! La trompeuse apparence
Vint l'abreuver d'indicibles douleurs ;
Pour moi la vie est désormais sans fleurs ;
La mort, pour moi, n'est point la délivrance.

Ne suis-je point tel qu'un petit oiseau
Que dans sa main tient l'enfant au berceau ?
Il lui sourit, et sans pitié le froisse !

Ouvre ton aile et d'un vol fugitif,
Pauvret, échappe à ta cruelle angoisse !
Mon cœur, hélas, reste à jamais captif.

---

[*] Ce sonnet et la plupart des pièces de vers qui viennent
après, ont paru, en 1896, dans la *Revue d'Egypte.*

UNE IMPROVISATION
DU POÈTE ET-TAOURÍ

Souvent dans un bosquet fuyant l'ardeur du jour,
Roucoulait, solitaire, une humble tourterelle.
Ses langoureux désirs, ses doux soupirs d'amour,
Ce bien-aimé qu'en vain sa voix plaintive appelle,
Réveillaient des échos assoupis dans mon cœur.
Elle aussi se troublait aux accents pleins de larmes
Que m'arrachaient, à moi, ses touchantes alarmes.
Hélas, le souvenir d'un fugitif bonheur
De notre sympathie était le triste gage.
Nous parlions, l'un à l'autre, un différent langage,
Mais nous nous comprenions, tous deux, à ces douleurs
Que n'exprime aucun mot, et que disent les pleurs.

✻

INSCRIPTION
SUR LE GNOMON DE MONTAZAH
(Composée par le Cheikh Aly-el-Leyci, du Caire)

Quand de son œil le ciel en mon chemin m'éclaire,
Par l'ombre du stylet planté sur cette tour,
J'indique la durée et les heures du jour.
Toi qui connais les lois du mouvement solaire,
Admire du Khédive Abbas II le séjour,
Et viens me voir de près, pour suivre tour à tour,
Sur mon cadran doré ces véridiques signes
Dont Saber Sabry Bey si bien traça les lignes.

LA BRISE DU NEDJED

(d'après *Gifford Palgrave*)

O brise du Nedjed, dont le souffle embaumé,
En attisant l'amour, enflamme aussi la peine !
Quand soupirant dès l'aube après son bien-aimé,
La colombe roucoule en son nid de verveine,
Par mes sanglots d'enfant soudain m'est arraché
Ce secret que mon cœur avait tenu caché.
De même que parfois l'oubli naît de l'absence,
Et que l'art de chérir, hélas, se désapprend,
De l'objet de nos vœux on dit que la présence
Nous fait voir le bonheur d'un œil indifférent.
Moi, de près et de loin, je sens toujours de même ;
Etre aimé me suffit, mais l'être autant que j'aime.

INSCRIPTION

SUR LA PORTE D'OMAR IBN-EL-FARID

(*même source*)

Bienvenu soit celui qui paraît sur mon seuil ;
Il m'apporte la joie. Oh, sois béni, mon hôte !
Dépouille à mon foyer ton vêtement de deuil,
Et dépose en mon cœur le fardeau de ta faute.

DISTIQUES
TIRÉS DES « MILLE ET UNE NUITS »

I

Si l'arbre est entouré, c'est pour les fruits qu'il donne ;
On l'en dépouille et puis en riant l'abandonne.

Ecoute deux conseils ; l'esprit est un miroir ;
Il en faut deux à qui tout entier s'y veut voir.

Contemple les tombeaux sans que ton cœur se serre ;
Tous sont là, les petits et les grands de la terre.

Voyage ! L'eau stagnante est tiède et sans saveur ;
Dans sa gangue enfoui, l'or n'a point de valeur.

Grosse d'évènements est la nuit ; l'aube accouche
De faits que n'a prédit, la veille, aucune bouche.

Alors qu'ils sont brisés, il n'est point de ciment
Ni pour le pur cristal, ni pour le cœur aimant.

S'il suffit d'un seul jour pour voir crouler un monde,
Que la nuit nous réserve au moins sa paix profonde.

Par le secret d'autrui pour n'être point troublé,
Cadenasse ton cœur, et jette au loin la clé.

II

Le soleil brille un temps, puis pâlit et se cache ;
Seul ton front m'apparaît toujours pur et sans tache.

Ton visage encadré de cheveux noirs, reluit
Du vif éclat de l'aube au sortir de la nuit.

Ton souffle est odorant comme l'ambre qui coule ;
Gloire à la main de Dieu qui façonna ton moule !

La moiteur de ta lèvre a le parfum du miel ;
Dans l'orbe de ton œil se réfléchit le ciel.

De l'arc de tes sourcils part la flèche rapide,
Et des signaux d'amour sont dans ton œil limpide.

De ta taille envieux, se dépite souvent
Le flexible palmier qui se balance au vent.

Si le son de ta voix leur fait verser des larmes,
Mes yeux, impunément, pourraient-ils voir tes charmes?

Devant toi la Beauté baisserait son regard,
Et dans son cœur l'envie enfoncerait un dard.

·✳·

DÉBUT DES " MESNÉVI "

de Maoulana Djellal-ed-Din Roumi (né à Balkh l'an 604, mort à Koniah l'an 672 de l'hégire. (Traduit sur le texte persan).

Écoutez du roseau la touchante complainte,
Quand, séparé des siens, il soupire une plainte.   —
Depuis qu'on m'a fauché dans le champ des roseaux,
Avec moi, tout gémit aux alentours des eaux.
Que mon sein déchiré par le fer et l'absence,
Des sons mélodieux révèle la puissance !
L'homme de ses foyers exilé sans retour,
Ne vit que de l'espoir de les revoir un jour.
En vain devant la foule il expose sa peine ;
Ses intimes, hélas ! la comprennent à peine.
Lui sans cesse avec eux partage heur et malheur,
Mais nul n'a deviné le secret de son cœur.
Sa voix est languissante et sa pensée est lourde ;
Leur regard reste sec et leur oreille sourde.
Le corps voile-t-il l'âme, ou celle-ci le corps,
Que l'âme toujours semble invisible au dehors ?
Ah, les sons du roseau proviennent d'une flamme
Sans laquelle il n'est point de vie au fond de l'âme ;
C'est le feu de l'amour chantant l'hymne divin
Et pétillant joyeux dans la coupe de vin.

QUELQUES VERS

DU " GULISTAN " DE SAADI

Sous le dôme ajouré d'un bain,
Rêveur, j'emplis un jour ma main
D'argile molle et parfumée ;
L'arome m'en parut troublant,
Très doux, subtil et rappelant
La main d'une odalisque aimée.

Peut-être es-tu le musc de prix,
Ou bien, lui dis-je, l'ambre gris,
O toi dont la fragrance exquise
Suspend la marche de mon cœur,
Et le pénètre de langueur,
Et de félicité le grise ?

L'argile répondit : Eh bien,
Naguère encor je n'étais rien,
Qu'un peu de boue, abjecte chose ;
Mais quand s'en furent les autans,
J'eus pour voisine en plein printemps,
La plus aimable fleur, la rose.

Or, sa senteur vint imprégner
Bientôt mon être tout entier,
Sans transformer ma propre essence ;
Car humble argile entre tes doigts,
C'est à la rose que je dois
De te charmer en son absence.

L'ÉTENDARD ET LE RIDEAU
Historiette rimée du Soufi Saadi-ech-Chiráxi (Gulistan)

On raconte qu'un jour dans le brillant milieu
De la Cour de Bagdad, une dispute eut lieu.
L'Étendard, tout couvert de gloire et de poussière,
Ramenant sur ses pas une troupe guerrière,
Au rideau reprochait sa molesse en ces mots :
« Toi qui me vois souvent endurer mille maux
Pour remplir mon devoir avec zèle et courage,
Tu n'as guère, ô douillet compagnon d'esclavage,
A braver comme moi, les dangers, les combats,
Sur le champ de l'honneur à guider des soldats,
Mourants, dans le désert, de soif et de fatigue !
Pourquoi donc ces égards qu'ici l'on te prodigue ?
Tandis que tel varlet sur moi porte la main,
Toi, cachant l'odalisque à l'odeur de jasmin,
Tu jouis du mystère et du royal prestige
D'une Cour où m'enchaîne un effrayant vertige ! »
Le rideau répondit : « Je me tiens près du seuil,
Et jusqu'au ciel te vois t'élancer plein d'orgueil.
Celui qui des grandeurs prétend atteindre au faîte,
Sous lui creuse un abîme et s'y brise la tête. »

· ✳ ·

DISTIQUE
(du même auteur)

Le désert qu'on franchit pour rejoindre une amante,
Produit sur chaque épine une fleur amaranthe.

ARRHIMAN ET OROMAZE

(d'après Mickiewicz *)

Dans l'abime sans fond des régions funèbres,
Au plus dense milieu d'éternelles ténèbres,
S'établit Arrhiman, blotti comme un voleur,
Lion tout à la fois, et serpent-oiseleur.
Tout d'un coup, il se dresse et s'enfle outre-mesure,
Sa poitrine vomit une nuée obscure,
Et tel qu'une araignée escaladant son fil,
Il ose des hauteurs affronter le péril.
De la nuit et du jour il atteint la frontière,
Et s'arrêtant, soulève une ardente paupière.
Mais il n'eut pas plutôt, dans l'éclat le plus pur,
Au centre rayonnant des espaces d'azur,
Contemplé d'un œil morne Oromaze lui-même,
Entouré comme un père, aimé par ceux qu'il aime,
Il n'eut pas, à l'aspect de ce divin soleil,
Entrevu la lueur d'un bonheur sans pareil :
Que ce rêve plus grand que l'orbite des mondes,
Frappant de tout son poids l'esprit des nuits profondes,
Le fit soudain faiblir, chanceler sur ses pas,
Par des siècles sans fin rouler de haut en bas,
S'engouffrant à jamais, au milieu des ténèbres,
Dans l'abime béant des régions funèbres.

* Cette pièce de vers du plus grand poète de la Pologne,
a été traduite en langue persane, de même que quelques-
uns des célèbres sonnets qu'il composa en Crimée dans le
genre oriental.

ANECDOTE PERSANE

(Rimée sur un texte en prose)

———

Quelqu'un que la nature avait doué d'un nez
Que nous qualifierons le mieux de respectable,
Assis près d'une veuve aux regards étonnés,
Ébauchait de lui-même un portrait tout aimable :
« Croyez que l'inconstance et la légèreté
Ne sont point mes défauts, » disait-il à la dame,
Que nul revers du sort ou caprice de femme,
N'a jamais de mon cœur troublé la fermeté ». —
« Oh, quant à la constance, » interrompit la veuve,
« J'en admire sur vous une éclatante preuve
En songeant que depuis quarante ans vous traînez
        Un tel nez. »

———※———

RÉFLEXIONS D'UN BOUDHISTE

(d'après Barthélemy Saint-Hilaire)

———✕———

Naître dans la douleur, veillir dans la souffrance,
Se guider sur les pas d'une vaine espérance,
Pour marcher dans la vie et rencontrer la mort :
Voilà ce qu'aux humains a réservé le sort.

Quand l'existence avec fracas s'écoule,
C'est le torrent qui borde nos sentiers ;
Et dans le monde un ignorant qui roule,
N'est que la roue, instrument des potiers.

    Comme un discours vide et futile,
    Ou comme un mirage dans l'air,
    Comme un songe, comme un éclair,
    Ainsi passe l'homme débile.

    C'est un écho, c'est un moment,
    L'étincelle qui se consume,
    La bulle d'eau qui fait écume,
    C'est un court éblouissement.

Le moindre choc brise un vase d'argile,
Et le bonheur serait-il moins fragile ?
Le son du luth, un instant entendu,
L'instant d'après ne s'est-il point perdu ?

Hélas, l'être s'attache à l'être périssable,
Flamme vide en dedans, flamme vide au dehors,
Qui jaillit du silex et semble vivre alors,
Mais, la hutte fermée, expire dans le sable.

Telle que l'eau d'un fleuve, au regard qui la suit
A dérobé bientôt la feuille détachée,
De même au cœur aimant, par le courant qui fuit,
La créature aimée est soudain arrachée.

·✳·

LA PRIÈRE D'UNE JEUNE INDIENNE

(même source)

Esprit de la feuille tremblante !
Verse une larme sur mon cœur ;
Ce qu'est la rosée à la plante,
Est ta pitié pour ma langueur.

Esprit de la nuit étoilée !
La rose à l'éclat de carmin,
Qui maintenant d'ombre est voilée,
On viendra la cueillir demain.

Esprit du pur ruisseau qui roule
Ces brillants cailloux qu'il polit !
Fais que ma vie aussi s'écoule
Comme l'eau limpide en son lit.

Esprit du printemps dont le baume
Parfume les lotus en fleurs !
Répands la paix sous l'humble chaume,
Verse la joie au fond des cœurs.

Vous tous qui d'une jeune fille
Jamais ne rejetez les vœux !
Faites qu'au ciel un astre brille
En souriant à mes aveux.

COMPLAINTE D'UNE MÈRE

SUR LA MORT DE SA FILLE

(Imité du Maori, langue de la Nouvelle-Zélande*)

L'étoile du soir s'est éteinte ;
Déjà s'est fermé son œil d'or ;
Un ciel d'une plus douce teinte
L'attend dans la région sainte
Où va l'emporter son essor ;
Mais moi, j'ai perdu mon trésor.

Rien ne peut me causer de joie
Depuis que ma fille n'est plus ;
Le soleil dans la mer châtoie.
Le palmier dans les airs ondoie,
Le sable est baigné par le flux,
Mais pour moi mon enfant n'est plus.

Comme un essaim, les jeunes filles,
Au point du jour sortant sans bruit,
Détachaient, avec leurs faucilles,
Du roc humide ses coquilles,
Du cocotier son plus beau fruit.
Le nid d'abeilles est détruit !

----

* D'après la traduction allemande insérée dans la description du voyage de circumnavigation de la frégate autrichienne *Novara*.

Les jeunes gens qu'auprès des huttes
Nous ramenait le frais du soir,
Dansaient aux sons rythmés des flûtes,
Ou se livraient aux jeux, aux luttes,
Et fatigués, pour mieux te voir,
Venaient autour des feux s'asseoir.

Encor la vague est transparente,
Et s'élevant du sein des bois,
La brise encore est odorante ;
C'est l'heure où la tribu parente
Se réunit comme autrefois ;
J'écoute et n'entends plus ta voix !

Quand le canot, scindant les ondes,
Entr'ouvrira son aile au vent ;
Quand les mouettes vagabondes
Traverseront les mers profondes,
Ta douce image, ô mon enfant,
Mes pleurs l'évoqueront souvent.

* ❋ *

LÉGENDES

tracées en chinois au-dessous de fleurs peintes sur soie
(d'après la traduction de Sir Francis Davis)

PRUNIER-NAIN (Meïhwa)

Déjà le prunier-nain se couronne de fleurs
Dont chacune est encore à choisir ses couleurs ;
Blanche, elle réfléchit les teintes de l'aurore ;
Rose, étale un calice où fond la neige encore.
Telle la jeune fille ouvre un coffret d'émail,
Et d'un doigt indécis dès le matin se joue
Avec la perle en poudre et le fard de corail
Qui d'un tendre incarnat vont colorer sa joue.

CALYNTHUS (la-mëï)

Jaune-pâle, et n'aimant que le site sauvage,
Cette fleur me séduit par un étrange attrait.
Semblable à la douleur qu'on exprime en secret,
Amer est son parfum, et touchant son veuvage.
Quand survient une averse, elle incline le front,
Et secoue humblement ses humides pétales ;
Mais lorsqu'aura passé la saison des rafales,
Ces larmes, pleins d'ardeur, les zéphyrs les boiront.

BRANCHE D'ÉPIDENDRE

Je sais dans mon pays un humble coin de terre
Où, sous l'arche d'un pont, serpente un frais ruisseau.
L'Épidendre baignant ses racines dans l'eau,
Emplit d'âcres senteurs le vallon solitaire.

De l'arbuste fleuri, pour charmer mes loisirs,
La brise, ce matin, m'apporta cette branche,
Qui dans le bol d'argile en souriant se penche,
Et de mes jeunes ans me redit les plaisirs.

ORCHIDÉES, LYS ET GENÊTS

Garde mieux, étourdi, les joyaux de tes ailes ;
Revole à la montagne aux abris ignorés
Où l'orchidée émaille un tapis d'asphodèles,
Entre des lys d'argent et des genêts dorés !
Ton délicat duvet qu'a terni la rosée,
Pour sécher a besoin du souffle des guérêts ;
Ici par quelque enfant ta mort serait causée ;
Fuis donc, beau papillon, cache au loin tes attraits !

· ✳ ·

LE MONT LIOUCHANE
(*même source*)

Son front, où de la foudre est imprimé l'outrage,
Se dresse jusqu'au ciel, sourcilleux, insolent ;
La cascade déchire et féconde son flanc
Que l'hibiscus revêt d'un fantastique ombrage.
Ici, bravant l'abîme, insultant à l'orage,
Je plane dans la nue ainsi que l'oiseau blanc,
Et du toit des humains, à l'heure accoutumée,
Je vois en bleus flocons s'élever la fumée.

· ✳ ·

LE VIEUX PÊCHEUR

DU POÈTE CHINOIS YANG-KHONG, VII SIÈCLE

(D'après la traduction de M. d'Hervey Saint Denys)

Sur les rochers du fleuve occidental
Le vieux pêcheur au point du jour se lève,
Allume un feu de bambous sur la grève,
Et puise l'eau pour son repas frugal.

La rive encore est brumeuse et déserte :
Lui déjà monte en son léger esquif,
Des bateliers pousse le cri plaintif,
Et de sa rame agite l'onde verte.

Puis, consultant l'horizon du regard,
Comme un nuage au gré du vent qui vogue,
Le vieux pêcheur se livre en sa pirogue
A ce courant que l'on nomme : hasard.

UNE NUIT DE LOISIR

DU POÈTE THOU-FOU, VIII SIÈCLE

(même source)

Par les zéphyrs la feuille caressée,
Estompe un pâle ciel d'azur ;
Le crépuscule a des pleurs de rosée,
Donnons aux luths un son plus pur.

De gais ruisseaux glissent sans bruit dans l'ombre,
    Frôlant les iris dans leurs jeux,
Alors qu'au ciel, étoilant un dais sombre,
    Fulgurent les célestes feux.

Bientôt chacun de sa verve s'inspire,
    Et jaillissant sous les pinceaux,
Les lettres d'or se pressent en délire.
    Ne vous consumez point, flambeaux !

Puis, on contemple en frémissant la lame
    D'un sabre fier de ses exploits ;
Mais qu'aujourd'hui, sous les coups de la rame,
    L'eau danse aux accords des hauts-bois.

Oui, qu'en nacelle, aux sons de la musique
    Se mêlent nos accents en chœur;
Que chacun rentre en son logis rustique
    Avec la paix au fond du cœur.

·**·

LA PLUIE DE PRINTEMPS
DE THOU-FOU
(même source)

Oh ! la petite et bonne pluie
    Qui sait toujours à temps,
Soit qu'elle arrive ou qu'elle fuie,
    Nous rendre le printemps !
Pour visiter la pâquerette
    Elle attendit la nuit,
Et finement, presqu'en cachette,
    Vint l'arroser sans bruit.

Hier planait sur ma demeure
Un gros nuage noir ;
Au loin brillaient à la même heure
Les feux tremblants du soir.
Mais ce matin dans la campagne
Éclatent cent couleurs,
Et le rivage, et la montagne,
Sont constellés de fleurs.

· ✱ ·

LE CORMORAN
DE LITAÏ-PÉ
(D'après la traduction de Judith Walter [*])

———

Au bord du fleuve monotone,
Solitaire amant de la nuit,
Se tient le cormoran d'automne
Et médite sur l'eau qui fuit.

Sur un pied, immobile, il sonde
Le flot qui passe et disparait,
Et son œil rond semble de l'onde
Subir l'irrésistible attrait.

Mais que de loin un pas résonne,
L'oiseau branle sa tête au bruit,
Sous son lisse édredon frisonne
Et rentre grave en son réduit.

[*] Le livre de Jade.

LES DEUX FLUTES

DE LITAÏ-PÉ

(même source)

Un soir que le zéphyr d'une flûte lointaine
Par-dessus les vergers m'apporta la chanson,
A la branche du saule appliquant mon haleine,
Je trouvai le secret de ce qu'exprime un son ;
Depuis, lorsque tout dort, les oiseaux du bocage
Nous entendent causer dans leur si doux langage.

· ❋ ·

DIX-SEPTIÈME ODE DU CHI-KING

ou « livre des vers » du philosophe Koung-Tseu
(CONFUCIUS)

Ma fiancée est mignonne et gentille ;
Moi qui l'attends au pied de ces remparts,
En vain, pour voir venir la jeune fille,
De tous côtés je tourne mes regards.

Je ne connais nulle enfant plus charmante,
Et reçus d'elle une admirable fleur
Qui plait autant par son odeur de menthe,
Que par l'éclat d'une riche couleur.

Toi que sa main dans les prés a cueillie,
Et que la mienne a touchée à son tour,
Plus que jamais je te trouve jolie,
Fleur devenue un doux gage d'amour*.

❋

SUR UN ÉVENTAIL

Lorsque revient le chaud printemps,
La souple main de ma maîtresse
M'attire à elle et me caresse ;
Mais quand arrivent les autans.
Elle me plie et me délaisse,
Je n'ai plus droit à sa tendresse.
Les cœurs, hélas, sont inconstants ;
Ne comptez pas sur la promesse
Qu'ils vous ont faite en leur jeunesse.
Ainsi tout lasse avec le temps ;
L'amour languit, le soleil baisse,
Et l'éventail, brisé, s'affaisse.

❋

* Cette fleur est désignée dans le texte chinois par le nom d'« Y ».

ODELETTES JAPONAISES

Balayant de sa queue un sentier solitaire,
L'oiseau-lyre descend le val du romarin ;
Ainsi traîne la nuit son crêpe jusqu'à terre,
Et l'homme, sur ses pas, quelque sombre chagrin.

(*Kaki'-no-moto no h'to-maro*, VII° SIÈCLE).

La feuille de l'érable est foulée en automne
Par le cerf qu'on entend bramer dans la forêt ;
A son cri grêle, aigu, la nature frissonne,
Et pressent que l'hiver sur elle à fondre est prêt.

(*Sarou-marou-daïou*, VII° SIÈCLE).

Du seuil de ma chaumière, isolée, inconnue,
Qu'encerclent, bouillonnants, du Tago les flots verts,
Mon regard qui, pensif, suit le vol de la nue,
Avec elle s'arrête au seuil de l'univers.
Là, le Fousi-Yama, sur sa tête chenue
Ramène, tout frileux, la toison des hivers.

(*Yama-béno-aka h'to*, VIII° SIÈCLE).

Dans mon village, après dix ans d'absence,
Je rentre et nul ne se souvient de moi !
Le cœur rempli d'un vague et tendre émoi,
Je cherche en vain mes compagnons d'enfance.
Ah, les parfums d'agrestes prunelliers,
Comme autrefois, me sont seuls familiers !

(*Kinotzra Youki*, vers l'an 9oo).

Par vous, d'anciens amis, je m'entends condamner !
Jeune. je vous aimais ; âgé, je vous pardonne.
Les fleurs du nénuphar bientôt vont se faner ;
C'est la loi du printemps, c'est la loi de l'automne.

> *Ghendji Monogatari*, roman composé, il y a
> plus de mille ans par Madame Mourasaki,
> (Violette), Dame du Palais.

⁕

CONTE CORÉEN

Dans un pauvre hameau du pays de l'aurore ·
Il était, une fois, un jeune agriculteur,
Bon fils et tendre époux, père dont rien encore
N'avait faussé l'esprit, ni perverti le cœur.
Lou ne quittait jamais son paisible village,
Car une énorme jonque arrivait tous les ans,
Pour embarquer le riz entassé sur la plage
Qui fourmillait alors de joyeux paysans.
Or, le riz n'étant pas d'assez belle venue,
Un automne, la nef se fit attendre en vain.
Lou prouva, non sans peine, à sa femme ingénue
Qu'il pourrait vendre ailleurs ses produits avec gain ;
Transportée à dos d'âne à la plus proche ville,
La denrée acquerrait un prix plus élevé ;

Nom qu'en Extrême-Orient on donne à la Corée.

On emploierait l'argent à quelque emplette utile.
Bref, Lou, le lendemain, au point du jour levé,
De son épouse en pleurs dissipa les alarmes.
« Et tu m'apporteras, n'est-ce pas, en cadeau, »
Lui dit-elle à l'oreille, en essuyant ses larmes,
« Un objet d'outre-mer, bien bizarre et nouveau ? »
Peut-on rien refuser à la femme humble et douce
Dont on est le mari franchement amoureux ?   —
Lou promit volontiers, et le voilà qui pousse
Son paresseux baudet sur un sentier pierreux.
Le voyage fut long, mais l'affaire conclue,
Notre homme, impatient de rentrer au logis,
Fatigué du tumulte incessant de la rue,
De sapèques chargé s'en retourne au pays.

Il aspirait déjà l'air pur de la campagne,
Quand il se ressouvint de cet objet nouveau
Qu'avait si gentiment réclamé sa compagne.
La ville et son fracas m'ont troublé le cerveau,
Pensa-t-il, mais je dois accomplir ma promesse.
Sans hésiter, alors, il revient sur ses pas,
Au plus resplendissant des magasins s'adresse,
Et tâche d'exposer en peu de mots son cas.
On lui montre un objet renfermé dans sa gaine ;
C'est ce qu'on a de mieux en fait de nouveautés,
Lui dit-on ; toute femme, ou villageoise ou reine,
Y découvre toujours de nouvelles beautés.
Le commis est disert, Lou le croit sur parole,
Prend l'étui sans chercher à voir son contenu,
Pèse une once d'argent, et du prix se console
En pensant qu'il emporte un objet inconnu.

Et comment raconter la joie inénarrable
Que réservait à Lou son retour au foyer ?
Sa maison se dessine au pied du rouge érable ;
Son chien, donnant l'éveil, ne cesse d'aboyer ;
Sur le seuil inondé d'une oblique lumière,
Apparaît, de ses doigts ombrageant ses deux yeux,
La figure, ô bonheur, de celle qui naguère
Echangeait avec lui de si touchants adieux ;
Bientôt ses vieux parents s'avancent par la porte,
Emmenant avec eux le petit Ko mutin.
On se rejoint, s'embrasse, à se calmer s'exhorte,
Et remet les récits au lendemain matin.

Le plaisir bien souvent se convertit en peine ;
D'un guignon l'homme heureux sans cesse est mena-
Lou venait de sortir que, reveillée à peine,   [cé.
Sa compagne aperçoit, sur le bahut placé,
Un objet proprement enveloppé de soie.
L'émotion se peint sur son front rougissant ;
Elle ouvre le paquet et retire avec joie
De sa gaine de cuir un disque éblouissant.
Soudain se montre à elle un visage de femme.
« Une seconde épouse, ô ciel, dans la maison ! »
Et se sentant atteinte au plus profond de l'âme,
La pauvrette est en train de perdre la raison.
Sa belle-mère accourt et dit : « Entrez, voisine,
« De mon fils avec nous pour fêter le retour.
« Qui donc a pu parler ici de concubine ? »
Le vieux beau-père arrive et s'écrie à son tour :
« C'est heureux que mon fils ait de l'argent en poche,
« Car il me semble voir venir le receveur. »

Au milieu de ce bruit, le petit Ko s'accroche
Aux jupes de sa mère en sanglotant de peur.
Lou rentre en ce moment. « Que fait ici cet homme ? »
Demande-t-il surpris, et nul ne répondant,
Il éclate en ces mots : « Qu'il parte ou je l'assomme ! »
On n'ose respirer. Petit Ko cependant
De ce cadeau magique éclaircit le mystère.
Vers le disque il se glisse et dit en regardant :
« Cet homme que tu vois, c'est toi-même, ô mon père ! »
Tous s'approchent alors. Tel reconnaît l'enfant,
Tel autre la maman, l'aïeul et la grand'mère ;
L'un d'eux pose le doigt sur le bout de son nez,
Pour s'assurer qu'il a devant lui son image ;
Et ces gens tout à l'heure, interdits, consternés,
Se moquent maintenant chacun de son visage,
Plaisantent sans respect et jasent jusqu'au soir.
Lou, craignant que ceci rien de bon ne présage,
Fit acte de prudence en brisant le *miroir*.

* Le conte qu'on vient de lire, n'est que l'amplification
d'une anecdote parue dans un journal anglais de Yokohama.

O vous qu'attend le triste oubli,
Traductions, mes « Fleurs fanées »,
Comme un reflet du jour pâli
A disparaître condamnées !
Si de beaux vers vous avez su
Redire une muette page,
C'est pour avoir du ciel reçu
Le don des langues en partage.

Documents manquants (pages, cahiers...)

NF Z 43-120-13